L'enfant

Colas Gutman

L'enfant

Illustrations de Delphine Perret

Mouche
l'école des loisirs

11, rue de Sèvres, Paris 6ᵉ

Du même auteur à *l'école des loisirs*

Collection MOUCHE

Rex, ma tortue
Roi comme papa
Les chaussettes de l'archiduchesse
Les aventures de Pinpin l'extraterrestre
Je ne sais pas dessiner
La vie avant moi

© 2011, *l'école des loisirs*, Paris
Loi n° 49.956 du 16 juillet 1949 sur les publications
destinées à la jeunesse : septembre 2011
Dépôt légal : septembre 2011
Imprimé en France par Hérissey à Évreux (Eure) - N° 117016

ISBN 978-2-211-20613-6

À ma mère.

– J'aime pas la campagne, c'est moche, c'est vert et on s'ennuie !

– Léonard, tu ne peux pas dire ça ! La campagne, c'est magnifique, a dit maman.

– Mais oui, tous les enfants aiment la campagne ! a ajouté papa.

– Ben pas moi.

Mes parents, les week-ends, ce qu'ils aiment par-dessus tout, c'est boire du thé autour d'un feu de

cheminée en écoutant le silence. Ils appellent ça, la vie à la campagne, et c'est horrible.

Moi, ce que j'aime, c'est marcher sur les trottoirs, sauter sur les bancs, aller au cinéma et courir après les pigeons.

À la campagne, je ne peux rien faire à part : admirer. C'est pareil que s'ennuyer mais avec les yeux grand ouverts.

J'ai donc le droit de m'ennuyer avec le feu de cheminée, les canards, les poules, les vaches, les arbres et parfois les tracteurs qui passent au ralenti.

Quand papa et maman ne boivent pas de thé autour du feu comme les hommes des cavernes, ils m'emmènent en balade.

En général, il pleut, ça fait mal aux pieds et ça donne soif. C'est pire que tout.

Mais lors de notre dernier week-end, il s'est enfin passé quelque chose.

– Regarde comme c'est beau ! m'a dit maman.

– C'est pas beau, c'est vert, j'ai répondu.

– C'est parce qu'il pleut, m'a dit papa.

– Oui, il pleut tout le temps, j'ai dit.

– Et si on prenait ce petit sentier ? a proposé maman.

Un petit sentier est une rue sans magasin avec de l'herbe au milieu, des cailloux qui tordent les chevilles et des orties qui piquent sur les côtés.

Mes parents adorent prendre les petits sentiers qu'ils ne connaissent pas. Ils disent que ce sont des endroits magiques.

Maman a dit :

– Je suis sûre qu'on va voir des poules sur ce petit sentier.

– Tous ces animaux en liberté, ça fait plaisir, a dit papa.

Moi, j'ai pensé aux tigres, aux ours et aux singes qui sont dessinés sur ma couette et j'ai mis mon pied dans un trou plein d'eau.

Pendant que papa comptait les feuilles d'un arbre et que maman se demandait si c'était la saison des châtaignes, je suis tombé nez à nez avec un mouton.

Comme je suis poli, je lui ai dit bonjour. Et comme ce mouton parlait, il m'a répondu :

– Salut.

Et il a aussitôt ajouté :

– Pardon, mais t'es quoi, toi ?

– Comment ça, je suis quoi ? j'ai dit.

– Ben oui, t'es quoi comme animal ?

J'ai pensé : « Houlala, je dois être dans la campagne profonde dont m'a parlé maman, pauvre mouton, il n'a jamais vu d'enfant de sa vie ! »

– Je ne suis pas un animal, j'ai dit, je suis Léonard.

– C'est comme un léopard ? m'a demandé le mouton.

– Non, c'est mon prénom. Toi par exemple, tu t'appelles comment ?

– Mouton.

– Je vois.

C'est alors que le mouton m'a reniflé et m'a posé une drôle de question :

— Et tu sers à quoi ?

Alors, j'ai pensé à plein de choses :

« *Un décapsuleur,*

une machine à coudre,

un robot mixeur,

un ballon de foot,

un oreiller ».

Je me suis tourné vers le mouton et j'ai dit :

— Je crois que je ne sers à rien.

Le mouton s'est mis à rire tellement fort qu'une vache l'a rejoint.

– C'est quoi ? a demandé la vache.

– C'est une sorte de léopard qui ne sert à rien, a répondu le mouton.

– Mais non, je suis un enfant ! Bon, écoutez, je vais chercher mes parents et ils vont tout vous expliquer parce que moi, vous me rendez chèvre !

Seulement, à la campagne, il y a une autre spécialité, c'est de se perdre parce qu'il n'y a rien qui ressemble plus à un petit sentier qu'un autre petit sentier, un arbre à un arbre et un caillou à un caillou.

J'étais perdu comme aux grands magasins, mais sans le point accueil pour qu'on vienne me chercher.

Je suis resté avec la vache et le mouton et puis une poule est arrivée. Ils se sont assis en tailleur, ce qui était un peu compliqué pour la vache, et ils m'ont dit :

— Explique-nous ce qu'est un Léonard.

— Vous voulez dire un enfant ?

— Oui.

Ça m'a mis dans un état pas possible, un peu comme lorsque c'est mon anniversaire et que j'essaye de deviner ce qui se trouve à l'intérieur des paquets.

J'ai pensé : « Un enfant, ce n'est pas un ouvre-boîte, un sèche-cheveux, pas non plus un paquet de chips. »

Et puis, j'ai dit :

— Un enfant, ça va avec les parents. Un peu comme les piles vont avec une voiture télécommandée.

— T'es une pile ? m'a demandé la vache.

— Euh, non, pas exactement.

— Alors, tu ne sers à rien, a dit la poule.

J'ai eu très envie de transformer la poule en poulet pour la manger avec des frites.

Mais j'ai aussitôt pensé à papa qui dit toujours que lorsqu'on est énervé, on écoute le silence et tout s'arrange. Seulement, ça ne s'est pas arrangé parce que la vache s'est mise à se vanter. Elle a dit :

— Tu vois, moi, je fais du bon lait et du bon fromage !

Et la poule a dit :

— Moi, je ponds des œufs frais !

Et le mouton :

— Et moi, je fais de beaux gilets à bouclettes !

Et les trois ont dit en chœur :

— Nous, on sert tous à quelque chose !

— Écoutez, moi je fais des colliers de pâtes à ma mère et des bisous à mon papa.

— Ça n'a pas l'air terrible, a dit la poule.

— Bon, vous m'énervez ! De toute façon, un enfant, c'est mieux qu'un animal, c'est bien connu. En plus, je sais des trucs et pas vous !

— Ah oui, et comme quoi par exemple ? a demandé le mouton.

Alors, devant eux, j'ai fait une liste de choses que je connaissais :

La Terre n'est pas plate.

97 + 3 = 100.

Les accents circonflexes sont des petits chapeaux chinois.

Je n'ai pas le droit d'apporter de téléphone portable à l'école.

— Et ça sert à quoi, de savoir tout ça ? m'a demandé la poule.

— Euh, je ne sais pas vraiment, j'ai dit.

Mais, à l'école, on nous dit souvent que ça nous servira plus tard. C'est comme ça que j'ai eu une révélation. J'ai dit :

— Un enfant, ça sert à devenir quelqu'un plus tard !

— C'est nul, a dit la vache.

— Bidon, a dit le mouton.

— Bof, a dit la poule, c'est maintenant que tu nous intéresses, pas plus tard.

Alors, sans trop y croire, j'ai dit :

— Un enfant, ça sert à faire ses devoirs, descendre les poubelles et remonter le pain !

— N'importe quoi, a dit la vache.

— Stupide, a dit le mouton.

— Ridicule, a dit la poule, non vraiment, tu ne sers à rien.

Alors moi, ça m'a fait triste,

comme lorsque j'ai une mauvaise note en orthographe, une mauvaise note en maths et une mauvaise note en dessin dans la même journée.

Mais la poule m'a demandé :

— Tu t'y connais, en loup ?

— Pas trop, à la ville on a surtout des chiens et des pigeons.

— Nous, on en connaît un, peut-être qu'il peut savoir à quoi tu sers… Tu veux qu'on te le présente ?

— Oui bien sûr, s'il peut m'aider.

Et c'est ainsi que nous avons pris un autre sentier qui ressemblait comme deux gouttes d'eau au premier.

La poule a crié :

— Le loup, on t'apporte un enfant des villes ! À table !

Alors j'ai compris que c'était un piège, d'autant que la vache a dit :

— Celui-ci est particulièrement bête, il croyait qu'on n'avait jamais vu d'enfant !

— Que nous étions des ignorants de la campagne ! a ajouté la poule.

— Ha, ha ! Elle est bien bonne, celle-là ! fit le loup. Mais attention, moi, je ne mange que des enfants de premier choix. La dernière fois, celui que vous m'avez apporté n'était pas terrible.

Le loup s'est mis à me tourner autour :

– Oh, comme tu as de petites mains, mon enfant !

– Oui, c'est pour mieux te mettre un doigt dans l'œil, si tu y touches, j'ai dit.

– Oh, comme tu as de petites oreilles !

– Oui, c'est pour qu'on ne me confonde pas avec un éléphant !

– Oh, comme tu as une petite bouche !

– Oui, c'est pour mieux crier ! j'ai dit.

— Mais qu'est-ce qu'il a cet enfant, il n'a pas peur des loups ? !

— Ben, non, je suis un enfant des villes, j'ai peur des chiens, pas des loups !

La vache a parlé au mouton et la poule au loup et puis les quatre m'ont regardé avec des yeux bizarres et le mouton a dit :

— Mords-lui les mollets !

— Moi, si j'avais des dents, je commencerais par les bras, ils ont l'air bien dodus ! a conseillé la poule.

— Les fesses, les fesses, les fesses ! a crié la vache.

J'ai commencé à avoir peur, un peu comme le jour où j'ai cru qu'il y avait :

Un cambrioleur dans mon salon,

un monstre sous mon lit,
un autre dans mon placard
et des endives au jambon à table.

Mais le loup m'a reniflé et a crié :

— Pouah ! Il est pollué cet enfant. Il sent les pots d'échappement et le poulet aux hormones ! J'ai pas envie de m'empoisonner avec un enfant des villes. Reprenez-le !

Alors je me suis dit : « C'est donc vrai, je ne sers à rien du tout. Même le loup ne veut pas de moi ! »

— Tu veux qu'on te ramène à tes parents ? m'a proposé la poule.

— Bof.

— Mais si, je suis sûre qu'ils sont très inquiets, m'a dit la vache.

— Ils doivent te chercher partout, a dit le mouton.

— Ça m'étonnerait.

Et j'ai pleuré aussi fort que le jour où je m'étais cogné la tête, mordu la langue et retourné le pouce en même temps.

— Oh, il est triste ! a dit la vache.

— Tu veux jouer à saute-mouton ? m'a proposé le mouton.

— Ou à la ferme ? m'a dit la vache.

— Ou à tape-tape la poule, m'a demandé la poule.

— Non, laissez-moi tranquille !

— On peut devenir tes amis, si tu veux, a dit le mouton.

— Je ne suis pas ami avec les traîtres qui piègent les enfants !

— On ne le fera plus, a dit la poule.

— Promis, a dit la vache.

— C'est sûr, a dit le mouton.

— Écoutez, vous êtes gentils, mais vous m'avez fait comprendre que je suis un bon à rien. Laissez-moi tranquille.

Et je suis parti seul dans la campagne profonde, sans me retourner.

J'ai pensé : « Je vais devenir l'enfant sauvage, je mangerai des racines et des glands et je parlerai aux arbres. »

Seulement, à la campagne, quand on commence à écouter le silence, on entend toujours des bruits. Au loin, j'ai entendu une sirène de pompier.

Et j'ai repris espoir.

Peut-être que mes parents me cherchent quand même un peu.

Peut-être même qu'ils ont lancé le plan «Alerte enlèvement». Oui, je dois passer à la télé en ce moment. Mes copains doivent voir ma photo avec mon chapeau de cow-boy.

Alors, j'ai couru aussi vite que j'ai pu vers le bruit de la sirène et je suis passé devant un arbre qui ressemblait à un autre arbre et j'ai pris un petit sentier qui ressemblait à un autre petit sentier et là, il s'est produit un miracle comme le jour où maman avait acheté des chips, de la limonade et du Nutella dans la même journée : j'ai vu mes parents.

Ils étaient en train de pratiquer une autre activité de la campagne encore plus ennuyeuse que celle d'écouter le silence. Ils dormaient au pied d'un arbre.

La sirène de pompier n'était pas pour moi. Alors, j'ai pleuré comme le jour où j'avais découpé des oignons et reçu du jus de citron dans l'œil.

Quand papa et maman ont fini par se réveiller, j'ai pensé qu'ils allaient me jeter à la poubelle. À la campagne, on appelle ça, une décharge, mais ils m'ont dit :

– Alors Léonard, tu t'es bien amusé ?

– Tu as observé les fourmis ?

– Tu as ramassé des bâtons ?

– Pas du tout, j'ai bavardé avec une poule, un mouton, une vache et même un loup !

– Ah, les enfants ! a dit papa. Quelle imagination !

Mais moi, je suis resté muet comme un ver de terre.

Le soir bizarrement, ils ne m'avaient toujours pas jeté. Je me suis dit qu'ils attendaient d'avoir d'autres choses pour faire une grande poubelle.

Mais au bout d'un moment, je n'en pouvais plus.

Alors, j'ai demandé :

— Au fait, ça sert à quoi un enfant ?

— À rien, a dit papa en rigolant.

Et maman a rajouté :

— Ça n'a surtout pas à servir à quelque chose !

Alors, je me suis dit : « Un enfant, ça n'a pas à être un dessous-de-plat,

un ouvre-boîte ou un tire-bouchon,
c'est déjà ça. »

J'ai souri et j'ai admiré le feu de
cheminée, en écoutant le silence.